James Dieu

Fred Pontarolo

LIVRE PREMIER

Il fut pendant 20 ans
le King Elvis Presley.

Aujourd'hui, il vit dans une cannette de Coca
où il coule des jours heureux,
une bouteille de whisky à la main.

Son nom est Dieu,
James Dieu...
créateur de la Terre
et des Hommes.

Futuropolis

Recueil des épisodes 1 et 2 de James Dieu, *collection 32*

Collection dirigée par Luc Brunschwig

Conception et réalisation graphique : Didier Gonord pour Futuropolis

Cet ouvrage a été imprimé en mars 2007, sur du papier Munken Pure 130 g.
Imprimé chez Lesaffre à Tournai, Belgique.

Dépôt légal : avril 2007
ISBN : 978-2-7548-0036-5

717046

NIKON
NIKON

IN GUNS WE TRUST
SPLÔT
?!
HI HI HI HI HI HI HI HI HI HI HI HI
HI HI HI HI HI HI HI HI HI HI HI HI
SNIF?
DE LA MERDE C'EST !
MAIS DE LA LIBERTÉ L'ODEUR ELLE A !
PLUS VITE !

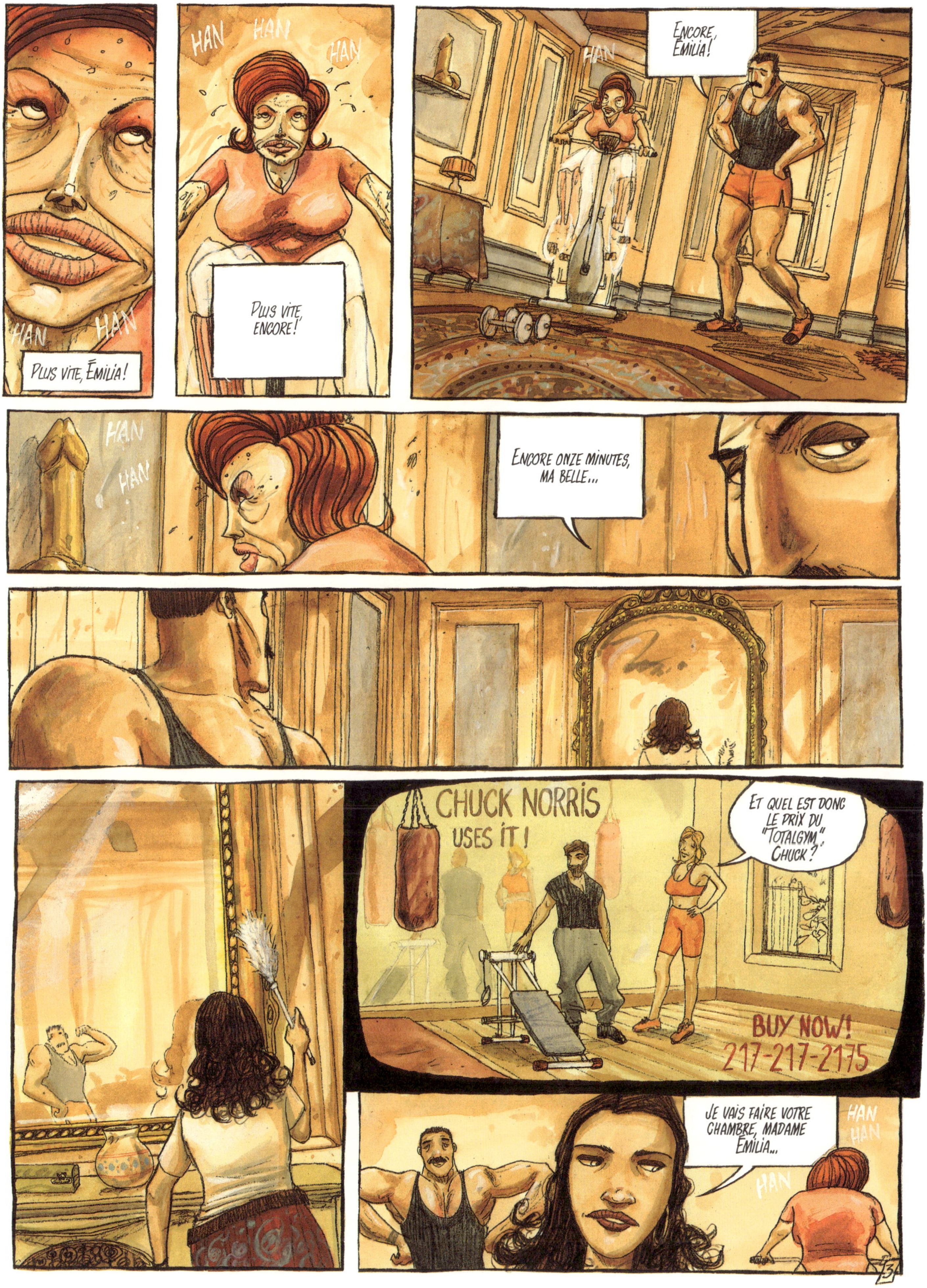
HAN
HAN
Plus vite, Émilia !
HAN
HAN
HAN
Plus vite, encore !
HAN
Encore, Émilia !
HAN
HAN
Encore onze minutes, ma belle...
CHUCK NORRIS USES IT !
Et quel est donc le prix du "Totalgym", Chuck ?
BUY NOW! 217-217-2175
Je vais faire votre chambre, madame Émilia...
HAN
HAN
HAN

J'ME DEMANDE C'QUE LA VIEILLE PUTE VA PENSER DE ÇA !

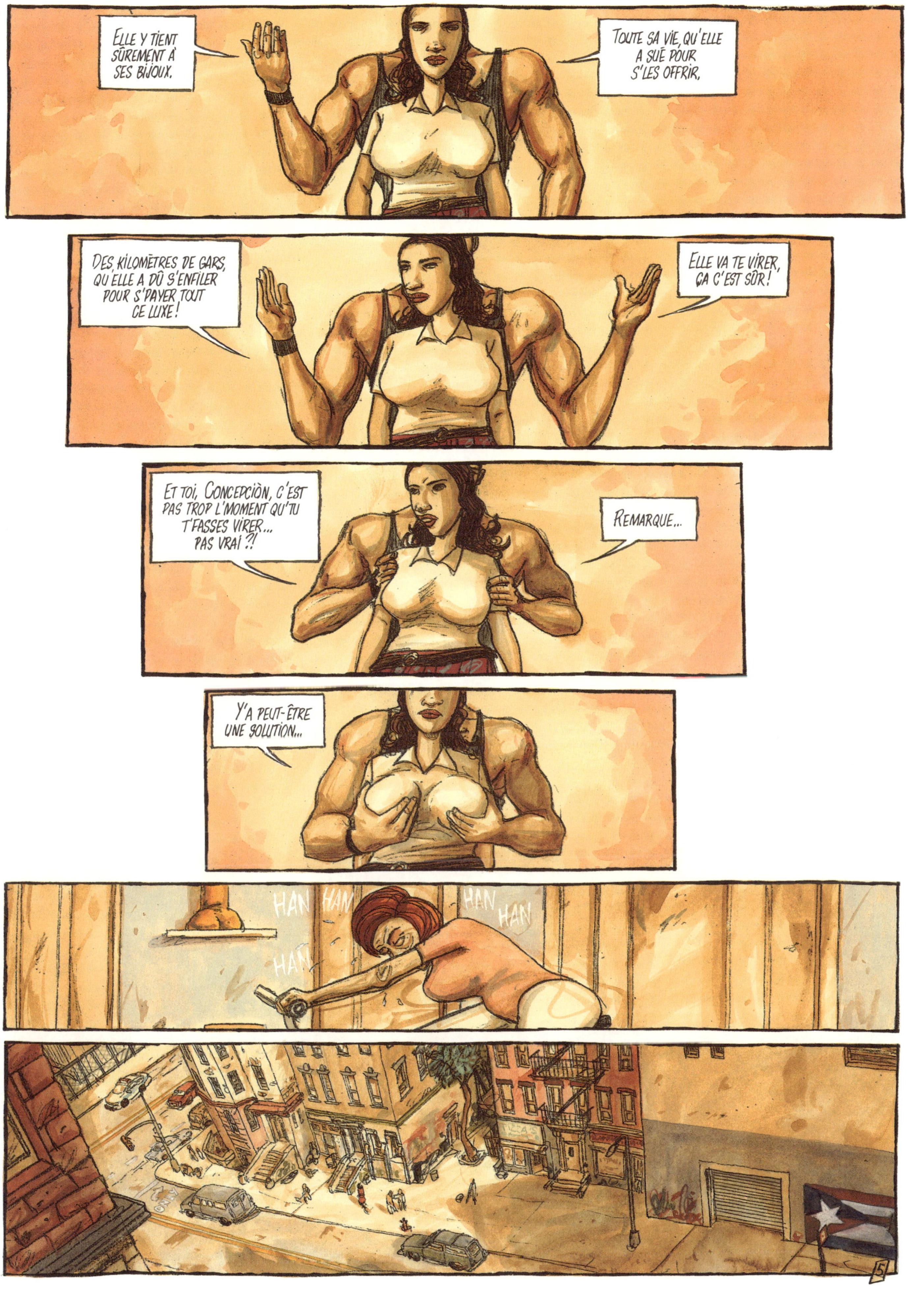

Elle y tient sûrement à ses bijoux.
Toute sa vie, qu'elle a sué pour s'les offrir.
Des kilomètres de gars, qu'elle a dû s'enfiler pour s'payer tout ce luxe !
Elle va te virer, ça c'est sûr !
Et toi, Concepciòn, c'est pas trop l'moment qu'tu t'fasses virer... pas vrai ?!
Remarque...
Y'a peut-être une solution...
HAN HAN HAN HAN HAN

Psst ! Mam'zelle ?
I'm faudrait du "machin", j'en ai p'us !
Faudra voir ça avec mon mari.
Z'êtes sa femme, c'est pareil au même !
C'est ses affaires, pas les miennes. À cette heure, il doit pas être rentré... j'ai mal au crâne et j'ai du travail, alors...
Ben vous devriez prendre du "machin", c'est bon pour la santé !
Mon chat, il en prend tous les jours et il est en pleine forme, r'gardez !
C'est qu'c'est un chat d'race, faut que j'le soigne aux p'tits oignons !
C'est qu'ça coûte cher, des bêtes comme ça !

KRRZZZ
... L'HOMME, SANS EMPLOI DEPUIS DEUX ANS, AVAIT MASSACRÉ TOUTE SA FAMILLE. AU COURS D'UN PROCÈS QUI AURA DURÉ PLUS DE TROIS MOIS, L'HOMME A DÉCLARÉ : "JE N'ARRIVAIS PLUS À TROUVER DE BOULOT POUR MES BOUCHES À NOURRIR, ALORS J'AI SUPPRIMÉ LES BOUCHES. MERCI PAPA BUSH ! JE VAIS CROUPIR EN TAULE LE RESTANT DE MES JOURS, NOURRI ET LOGÉ AUX FRAIS DE L'ÉTAT, TANDIS QUE BUSH SERA TOUJOURS EN LIBERTÉ, NOURRI ET LOGÉ AUX FRAIS DE L'ÉTAT. MAIS C'EST NORMAL, LUI N'A JAMAIS TUÉ PERSONNE, HEIN !" IL A ENSUITE ÉCLATÉ DE RIRE AVANT D'ÉCLATER EN SANGLOTS...
VLAN
CLAC CLAC
...
...
C'EST LE PLUS BEAU JOUR DE NOTRE VIE !
PARLE POUR TOI...

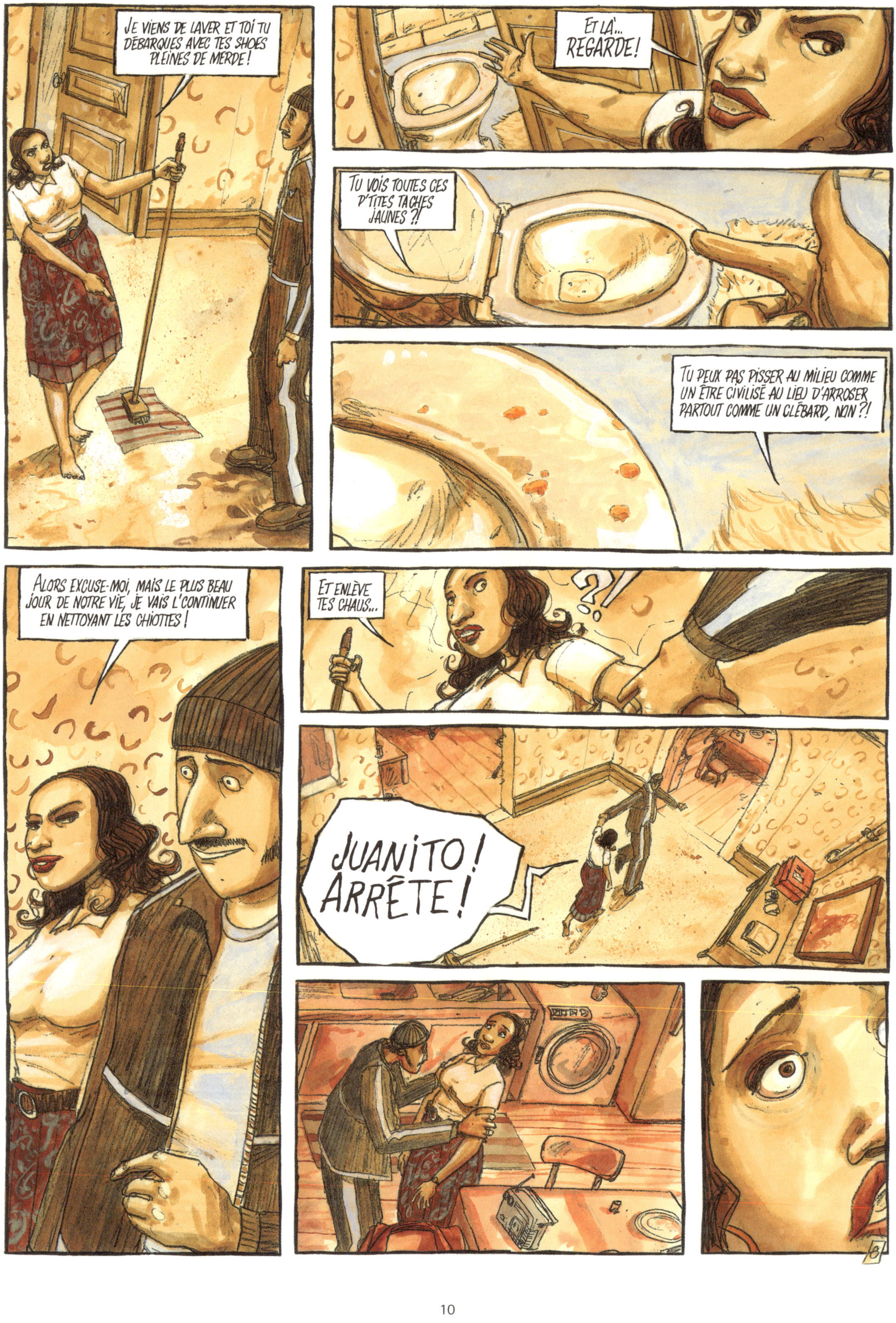
JE VIENS DE LAVER ET TOI TU DÉBARQUES AVEC TES SHOES PLEINES DE MERDE !
ET LÀ... REGARDE !
TU VOIS TOUTES CES P'TITES TACHES JAUNES ?!
TU PEUX PAS PISSER AU MILIEU COMME UN ÊTRE CIVILISÉ AU LIEU D'ARROSER PARTOUT COMME UN CLÉBARD, NON ?!
ALORS EXCUSE-MOI, MAIS LE PLUS BEAU JOUR DE NOTRE VIE, JE VAIS L'CONTINUER EN NETTOYANT LES CHIOTTES !
ET ENLÈVE TES CHAUS...
?!
JUANITO ! ARRÊTE !

C'EST... C'EST QUOI, TON PROBLÈME ?!
ARH, UN TRUC... WHAOU !
J'AI TROUVÉ UN TRUC, WHA !
HOUF, PUTAIN !
JAMAIS VU ÇA !... WHAOU !... DIEU... IL...
UN CHAMP...
ELVIS, IL EST PAS MORT !
JAMES...
ÇA DÉCHIRE, HEIN ?!
ÉCOUTE, J'AI VRAIMENT AUTRE CHOSE À FAIRE, LÀ !
VOILÀÀÀÀÀÀÀÀÀÀÀ... TOUT DOUUUUUUUUUUUUUX...
?
Coca-Cola
Coca-Cola
9

J'ai envie d'chialer tellement qu'c'est beau!
La découverte du siècle...
... Du millénaire même!
T'imagines ?! T'imprimes, là ?!
Ah ouaiiiiiiis, j'imprime, mon chéri!
Ta découverte du siècle, c'est une canette de Coca. Vide! Avant, dedans, y'avait un breuvage qui a fait la fortune de la marque. Pour s'faire encore plus de thunes, la marque en question, eh ben, elle a fermé une fabrique pour la délocaliser au Mexique. Et c'est justement dans cette fabrique que tu travaillais il y a six mois encore, Juanito... avant qu'elle s'envole pour le soleil de Mexico!
Sauf qu'à toi, ils t'ont pas proposé de passer la frontière avec la fabrique. Enfin, 'faut plutôt dire "repasser la frontière"... Toi le petit Mexicain exilé à New York pour trouver du travail et une vie plus décente!
C'est drôle, hein, Juanito ?! Bienvenue au pays de la liberté... pour les patrons!...
Alors ta découverte du siècle...
... Elle me donne envie de gerber!
Allez, salut!
Dring!
Dring-dring!
Driiiiiiiiiiiiiiiiiiiiiiiiiiiiiiiiiiiiiiiiiiiiiiiiiiiiiing!

SALUUUT... C'EST MOI : LUKE... 'M'FAUDRAIT DU "MACHIN"...
VLAN !
TOP COOL ...
NE PAS SECOUER
QUOI ENCORE ?! ARRÊTE TES CONNERIES MAINTENANT !
T'AS MÊME PAS DEMANDÉ COMMENT J'ALLAIS !
COMMENT TU VAS ?
PAS BIEN FIGURE-TOI !
IL S'EST PASSÉ UN TRUC...
J'AI TIRÉ UN COLLIER À LA VIEILLE PUTE !
MAIS J'ME SUIS FAIT CAPTER PAR SON CONNARD DE GIGOLO-GYMNASTE !
POUR QU'IL DISE RIEN À LA VIEILLE PEAU, J'AI DÛ ME LAISSER PELOTER LES SE...
TOUT ÇA, C'EST DU PASSÉ GRÂCE À... ÇA !

À NOUS LA GRANDE VIE ! FAUT JUSTE TROUVER COMMENT UTILISER CE TRUC...
MAIS LÀ, PENDANT QUE MOI JE DÉCRASSE CHEZ LES AUTRES...
... TOI TU RAMASSES DES VIEILLES CANETTES DÉGUEULASSES !
ET TU CROIS QU'T'AS TROUVÉ L'IDÉE DU SIÈCLE !
DU MILLÉNAIRE !
ÉCOUTE JUANITO, JE SAIS QUE C'EST PAS FACILE POUR TOI NON PLUS... TU TOURNES EN ROND DEPUIS SIX MOIS...
DU MILLÉNAIRE, EXCUSE ! MAIS SI TON IDÉE GÉNIALE C'EST DE FABRIQUER DES P'TITES VOITURES EN MÉTAL AVEC CES CANETTES...
... 'FAUT QU'J'TE DISE QUE LES P'TITS AFRICAINS, ILS ONT EU L'IDÉE BIEN AVANT TOI, MON PAUV' CHÉRI !
JUANITO ?
TU M'ÉCOUTES ?
MAIS BIEN SÛR QUE J'T'ÉCOUTE ! C'EST TOI QU'ÉCOUTES PAS !
J'TE DIS QUE J'AI TROUVÉ UN TRUC DE OUF, BORDEL DE MERDE !
DRIIIIIIIIIIIING !
DIEU SOIT LOUÉ, VOUS ÊTES LÀ ! MES P'TITS CHÉRIS ONT ABSOLUMENT BESOIN DE "MACHIN".
VLAN !
NE PAS SECOUER
12

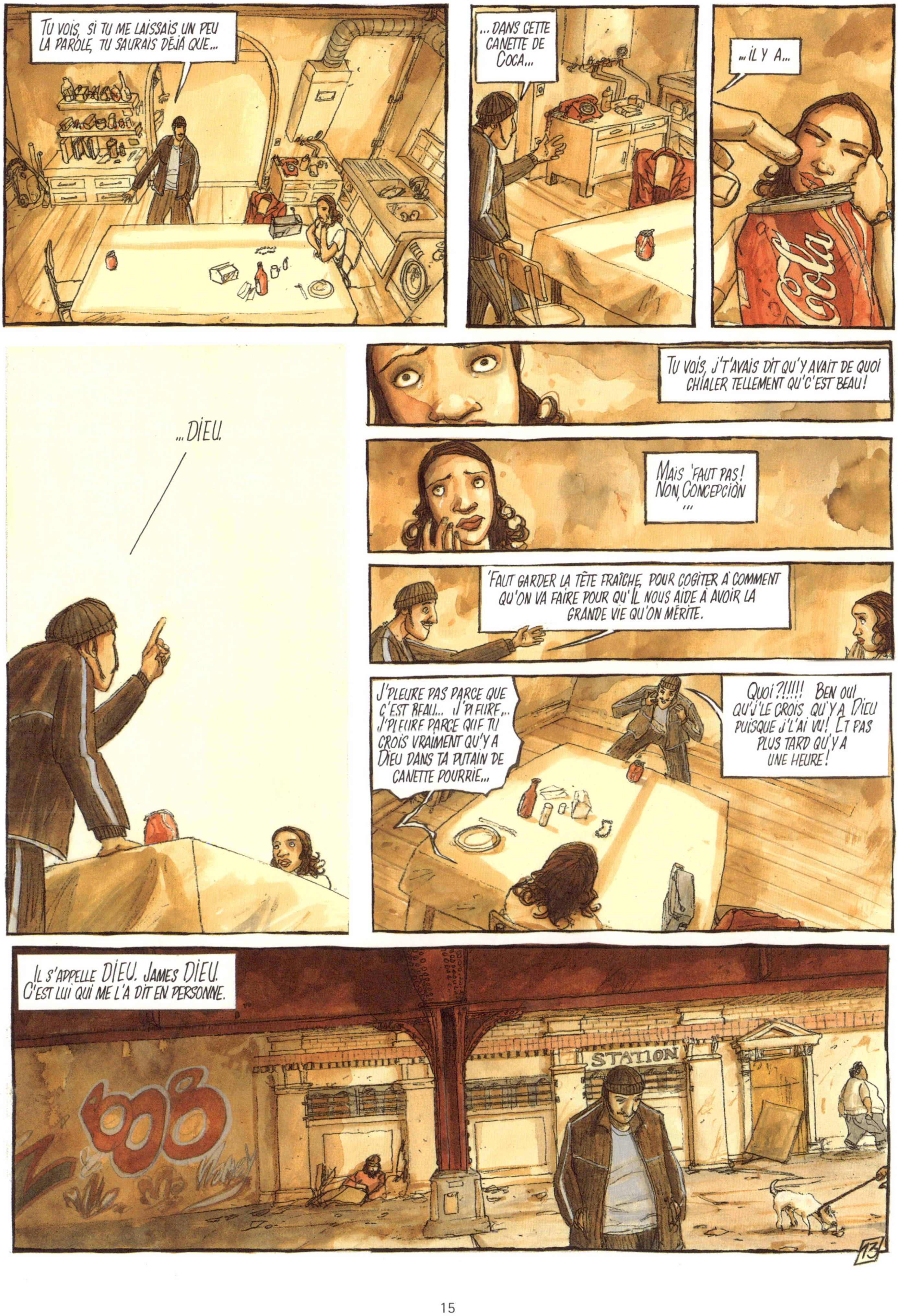

TU VOIS, SI TU ME LAISSAIS UN PEU LA PAROLE, TU SAURAIS DÉJÀ QUE...
...DANS CETTE CANETTE DE COCA...
...IL Y A...
Coca-Cola
...DIEU.
TU VOIS, J'T'AVAIS DIT QU'Y AVAIT DE QUOI CHIALER TELLEMENT QU'C'EST BEAU !
MAIS 'FAUT PAS ! NON, CONCEPCIÒN ...
'FAUT GARDER LA TÊTE FRAÎCHE, POUR COGITER À COMMENT QU'ON VA FAIRE POUR QU'IL NOUS AIDE À AVOIR LA GRANDE VIE QU'ON MÉRITE.
J'PLEURE PAS PARCE QUE C'EST BEAU... J'PLEURE... J'PLEURE PARCE QUE TU CROIS VRAIMENT QU'Y A DIEU DANS TA PUTAIN DE CANETTE POURRIE...
QUOI ?!!!!! BEN OUI QU'J'LE CROIS QU'Y A DIEU PUISQUE J'L'AI VU ! ET PAS PLUS TARD QU'Y A UNE HEURE !
IL S'APPELLE DIEU. JAMES DIEU. C'EST LUI QUI ME L'A DIT EN PERSONNE.
STATION
13

BONG!
CONNARD DE LATINO!
SNIF...
JACK DANIEL'S ?!

JACK DANIEL'S ?! QU'EST-CE QUE TU RACONTES ?!
J'M'APPELLE PAS JACK DANIEL'S, J'M'APPELLE JAMES DIEU ET C'EST MON WHISKY QU'TU VIENS D'RENVERSER !
T'ES QUOI, UN CONTORSIONNISTE FAN DE HOUDINI ?!
JE SUIS DIEU, J'VIENS DE T'LE DIRE, ABRUTI D'AMERLOQUE ! C'EST MOI QUI AI CRÉÉ L'UNIVERS, LA TERRE, LES HOMMES ET LES BARRES CHOCOLATÉES PAR LA MÊME OCCASION !
DIEU ?!
ATTENDS, TU RESSEMBLES PLUTÔT À L'AUTRE RINGARD, CELUI QU'A BOUFFÉ TELLEMENT DE HAMBURGERS QU'IL...
ARGH, 'ME PARLE PLUS DE CETTE HISTOIRE ! OUAIS, ELVIS PRESLEY, C'EST MOI ! J'AI FAIT UN TABAC AVEC MES CHANSONS POUR GONZESSES, HEIN ! J' ME SUIS RAMASSÉ UN PAQUET D'POGNON EN FAISANT CHIALER DES P'TITES PISSEUSES ! ET P'IS UN JOUR, J'EN AI EU RAS-LA-BANANE DE FAIRE LE MARIOLLE DEVANT DES FANS EN TRANSE... ÇA ME RAPPELAIT TROP CES TRUCS RELIGIEUX...
ALORS J'AI FAIT CROIRE QUE J'ÉTAIS MORT ! DEPUIS, JE SUIS BIEN PEINARD LOIN DE TOUT CE MERDIER !
MAN, J'DOIS T'DIRE UN TRUC ! J'AIME PAS TA MUSIQUE, ET J'AIME PAS NON PLUS LE MONDE DANS LEQUEL TU M'AS FOUTU !
JE RÊVE !!
T'AS VU OÙ JE VIS MOI ?! DANS UNE PAUV'CANETTE DE COCA !
ME PARLE PAS DE COCA, OK ?!
SI J'AVAIS PAS BU CE LABEL 5 DÉGUEU', RIEN DE TOUT ÇA SERAIT ARRIVÉ !
UN WHISKY DE MERDE ! TOUCHE JAMAIS À UN LABEL 5 ! MIEUX VAUT S'FAIRE CURETON QUE DE BOIRE CE MACHIN !
LABEL 5 ????
JUANITO !
15

ARRÊTE TES CONNERIES ! TU M'FAIS PEUR ! T'ES COMPLÈTEMENT MALADE OU QUOI ?! FAUT QU'TU TROUVES DU BOULOT OU QU'T'AILLES TE FAIRE SOIGNER ! ET TANT PIS SI ON N'A PAS LA SÉCU !
TOUT À L'HEURE J'AI... ENTENDU... L'HISTOIRE D'UN BONHOMME QUI A MASSACRÉ SA FAMILLE PARCE QU'IL A PLUS DE BOULOT !!!
NE PAS SECOUER
MERCI, M'SIEUR JUANITO.
C'EST MON CHAT ELVIS QUI VA ÊTRE CONTENT...
IL EST DEVENU BIZARRE...
SES YEUX, MON DIEU...
VIEILLE CINGLÉE...
ELVIS, MAMAN ARRIVE !
C'EST LA SEULE FOIS D'MA VIE QUE J'AI VOMI, SALETÉ DE LABEL 5 ! ET MON VOMI, BEN C'EST DEVENU DES HOMMES ! J'AI PAS BIEN COMPRIS POURQUOI, MAIS C'EST COMME ÇA !
HEIN ?! MMMMM...

TU VEUX DIRE QUE JE SUIS UN BOUT DE VOMI ?!
ARCHIFAUX ! L'UNIVERS, PRIMITIVEMENT TRÈS CHAUD ET CONDENSÉ, ENTRA BRUTALEMENT EN EXPANSION LORS D'UNE FORMIDABLE EXPLOSION APPELÉE "BIG-BANG", IL Y A DE CELA 15 MILLIARDS D'ANNÉES. DEPUIS, IL NE CESSE DE SE DILATER ET DE SE REFROIDIR... JUSQU'À DEVENIR DE PLUS EN PLUS VIDE SI CETTE EXPANSION SE POURSUIT INDÉFINIMENT, OU BIEN FINISSANT PAR SE RÉTRACTER JUSQU'À S'EFFONDRER SUR LUI-MÊME. N'EST-CE PAS GRICHKA ?...
TOUT À FAIT, IGOR !
OUAIP ! DU VOMI, MAIS DU VOMI DIVIN !
BEUUUURP !
X'CUSE-MOI, J'AI ÉTÉ SECOUÉ !...
FAUX !
ARRÊTEZ VOS CONNERIES !
VOUS ALLEZ ME FOUTRE LE CAMP...
... ET ALLER FAIRE UN TOUR DANS LA QUATRIÈME DIMENSION POUR VOIR SI J'Y SUIS !
ALLEZ HOP !
HI HI HI HI HI HI
PÔK !
C'ÉTAIT QUI ?!
DEUX DE MES FRANGINS !
CES ABRUTIS DÉGÉNÉRÉS RACONTENT PARTOUT DES CONNERIES SUR LA NAISSANCE DE L'UNIVERS, ILS SE FOUTENT DE MA GUEULE ! EN PLUS, ILS SE FONT PASSER POUR DES JUMEAUX MAIS... ÇA SE VOIT BIEN QU'IL Y EN A UN QUI EST PLUS JUMEAU QUE L'AUTRE, NON ?!
MAINTENANT QU'TU L'DIS...
17

Le Big-Bang... le soir où j'ai gerbé, c'était plutôt un gang-bang, ouais !
Hey man, 'te vexe pas mais... tu serais pas un peu alcoolo ?!
Alcoolo moi ?! Naaaaaaaan... J'picole un verre ou deux de temps en temps, histoire d'oublier... Oublier que j'ai créé ce monde de nazes, par exemple !
Ou bien que ma réputation de buveur est entachée par ce malheureux vomi de rien du tout !
Si on ajoute à ça mon best-seller pour lequel j'ai jamais touché de droits d'auteur...
Hein ?!!
Holy Bible !
La Bible ! C'est moi qui l'ai écrite, la Bible !! Le bouquin le plus vendu au monde, et pas un seul kopeck pour ma tronche ! Même pas un malheureux exemplaire d'auteur, c'est dire la misère...
Franchement, y'a de quoi se laisser choir au fond d'un verre non ?!
Drrrrr !
Drrrrr !
... un dîner impromptu entre amis. J'aimerais que vous fassiez le service, Concepción. Vous serez payée au tarif de nuit, cela va sans dire...
Entendu, Madame, je serai chez vous à 20 heures...
Ciao, bella !

Elle a marché...
Mmmmm...
Mon grand fauve...
Lis-moi encore le fameux passage...
BARBARA CARTLAND
THE IRRESISTIBLE BUCK
S'il te plait...
"La brise légère fit frémir les arbres autour, et le soleil qui se couchait sur l'océan de feu éclaira le visage de la jeune femme qui devint comme un brasier ardent. Le docteur Brad posa ses mains fermes sur les hanches frêles de la jeune infirmière... L'instant d'après, leurs bouches s'unirent en un tourbillon langoureux...
Vas-y Juanito... Qu'est-ce qui s'est passé après ?
Coke
19

Putain de monde...
Ben, t'es Dieu, alors t'as qu'à améliorer des trucs!
...Ma vie par exemple!
'Faut pas qu'je reste à découvert plus longtemps. Les "autres" pourraient finir par me retrouver...
Quels "autres" ?!
?!
Quoi ?! C'est tout ?!!
"C'est tout" ?! Putain, j'me suis grouillé de ramener une canette avec Dieu dedans, et toi tu m'dis: "c'est tout ?" !!
Concepciòn, il est là, sur notre table de cuisine! Merde alors!! 'Faut que je te ramène la Sainte Vierge en plus ou quoi ?!
Ben alors si "il" est là, il a qu'à sortir!!!
Sortir ?
... Ah ben ouais, sacrée idée, ça!
Eh Dieu, tu veux pas venir expliquer le truc à ma gonzesse ?

Bon... Ok... En attendant que "Môssieur" s'décide...
... Je vais essayer de refourguer ta camelote.
Garde un oeil sur lui !
21

UN PEU QUE J'VAIS T'LES LARGUER TES CROTTES D'HUÎTRES !
MOI J'TROUVE ÇA NAZE, LES PERLOUZES, MAIS Y'EN A QU'AIMENT, Y'EN A QU'ONT DES GOÛTS D'CHIOTTES !
J'TE TROUVERAI UN ACHETEUR, J'M'APPELLE PAS " SHINY MIKE " POUR RIEN !
J'TE DEMANDE MÊME PAS D'OÙ I' VIENT C'COLLIER, HEIN ! TA GRAND-MÈRE, ON VA DIRE, HEIN ?!
DIS... T'ES STRANGE, JE TROUVE !
QUOI ?! AH ! MAIS NAAAAN !
ÇA VA.
PUTAIN, J'ME FUMERAIS BIEN UNE CLOPE, MOI !
HEP, DE NIRO ?!
OUAIS SHINY ?
ON VA S'FUMER UNE CLOPE SUR LE TROTTOIR, VU QUE CHEZ TOI C'EST NON FUMEUR MAINTENANT ! WARF !
'FAIS PAS CHIER, SHINY ! J'RESPECTE LES LOIS, MOI !
T'ENTENDS ÇA JUANITO ?! I' RESPECTE LES LOIS ! P'TAIN, ELLE M'ARRACHE LES POILS DU CUL CELLE-LÀ !!
I' RESPECTE LES LOIS... WARF WARF WARF !
Zealous dru
BIENTÔT, TU SERVIRAS DE L'ALCOOL BIO, BOB ! MOI, J'TE L'DIS !
22

Saloperies de lois!
Zealous drunK
Bientôt, c'est le retour à la prohibition, moi, j'te l'dis!
Juanito, qu'est-ce t'as, man?!
Rien.
Hey Bob, appelle les flics! J'respecte pas les distances entre ma clope et ton bar! Warf!
Putain, c'te tête... t'as vu la Vierge ou quoi?!
Noooooon... Juste Dieu!
...
...
Attends! T'as vraiment vu Dieu?! Man... J'disais ça pour déconner moi...
Mais non! Heuu, non non non... Pfeffffff, il existe pas, Dieu, hein! Et pis même s'il existait, il sortirait pas de sa canette de Coca pour parler à un plouc comme moi!
... Ah ouais, warf warf! T'as raison, putain!! Warf warf warf warf!
Bon, 'faut qu' j'me tire... J'te tiens au courant ...
Pour les perlouzes ...
23

CONCEPCIÒN, T'ES LÀ ?
NON ?
MERDE, Y'A UN TRUC BIZARRE ...
MAIS QUOI ?
PUTAIN
MA
CANETTE !
24

Dieu ?!
T'es où ?!
Réponds-moi, Dieuuuuuuuuuu !
Dieu !!
Tout ira bien, vous verrez...
Ben comment... comment vous êtes entrée ?
Eh bien, la porte était mal fermée, alors... je me suis permise... Je vous ai entendu appeler Dieu...
Ah euh... Ah bon !
Oui ! Mais vous verrez, vous retrouverez du travail... Ça ira mieux...
Oui, bon... Je suppose que vous voulez encore du...
Oui ! Vous savez, ils sont cinq !
Tenez, j'vous l'offre...
Et maintenant...
Ne pas secouer
25

... BONNE JOURNÉE, HEIN !
VLAN !
MES P'TITS CHÉRIIIIIIIIIIIIIIS...
MÔMAN EST REVENUUUUUUUUUUUUUUE...
ET ELLE A UNE SURPRISE POUR VOUUUUUUUUUUUUUS.

GICK
ARHHHH...
HUMMMMM...

Mais qu'est-ce qu'i' fait, ce con ?!
Juanito... Il s'est passé un truc... Quand je suis arrivée chez la vieille...
Tenez, enfilez ça. C'est une soirée un peu "old school"...

CONCEPCIÒNNNNNN... ÇA VOUS VA À MERVEILLE, UNE VRAIE PETITE PU...
PRINCESSE !
VENEZ, LE SERVICE VA COMMENCER...
ET VOICI VOTRE ARGENT...
QU'EST-CE QUE... ?
EH BIEN ALLEZ-Y, SERVEZ-VOUS ! VOUS EN MOUREZ D'ENVIE TOUS LES DEUX !!
...
JUANITO ?
T'AS ENTENDU ?
NON, HEIN ?
TU M'AS PAS ÉCOUTÉE...
...JE TE COMPRENDS TU SAIS... T'AS...
...DES SOUCIS...
... PLUS IMPORTANTS...
29

BONG
BONG
BONG
BONG
BONG
BONG
ROOOOOOOOOOOOL
ÇA VA PAS RECOMMENCER ! UN WHISKY DOUZE ANS D'ÂGE !

Y'EN A PLEIN MA COMBI' MAINTENANT!
BEN TU VOIS, J'TE L'AVAIS DIT! C'EST LUI, C'EST DIEU!
???
SAAAAAALUT, MA JOLIE!
RÔT!
'XCUSEZ, J'AI ÉTÉ S'COUÉ!
ET VOILÀ, ÇA RECOMMENCE...
31

VOILÀ POURQUOI J'AI ARRÊTÉ LA MUSIQUE... JE POUVAIS ME TIRER AUCUNE GONZESSE, ELLES FAISAIENT QUE TOMBER DANS LES VAPES!
RÔT!

Elvis ! Elvis dans une fucking canette de Coke !
Comme le génie dans Aladin chez les Arabes !
P'tain, j'ai toujours su qu'il était pas humain, le King !
Y'a p't'être moyen de s'faire de la thune... J'peux l'convaincre de remonter sur scène...
P't'être même que j'peux lui écrire des chansons, vu le groove qui coule dans mes fucking veines de fucking Black...
PIZZA
P't'être que...
T'as vu Concepciòn, j'suis pas troué d'la cervelle, il est là mon James Dieu !
Elle est dans les vapes, ta cocotte.
De toute façon, elle a pas vu Dieu, nah...
Si elle t'a vu, elle t'a vu !
Nah, c'est Elvis qu'elle a vu, en chair et en os.
Ouais je sais, surtout en chair... Qu'est-ce que tu veux, le whisky et le MacDo, ça fait pas d'cadeau ! De toute façon, qui à part un paumé comme toi pourrait croire que je suis vraiment Dieu ?!
Quoi ?!
T'es... t'es pas Dieu, le vrai ?!
Hein ?!
Oh merde, t'es lourd "Zapata"
Même si j'montrais ma tronche à la télé un samedi soir en prime time, personne croirait en moi. Les gens sont cons, mais ils sont pas crédules !
Ben et les cathos alors ! Ils croient en toi !
Les cathos ?!
Merde, tu veux m'couper la soif ou quoi ?!!

DES VIEILLES BIGOTES QU'ONT JUSTE ENVIE QUE J'LEUR PARDONNE LEURS TARES CONGÉNITALES! T'IMAGINES S'ILS APPRENAIENT QUE LEUR DIEU, C'EST AUSSI CELUI QUI A INVENTÉ LE DÉHANCHÉ LE PLUS SEXY DE L'HISTOIRE DU ROCK ?!
LE ROCK, C'EST POUR LES TARLOUZES !! JUSTIN TIMBERLAKE, ÇA C'EST D'LA MUSIQUE DE MEC...
MAIS J'CROIS EN DIEU, OUAIS J'CROIS EN TOI!
TOI T'ES UN CAS, J'ME DEMANDE D'OÙ TU SORS...
DE TON VOMI TIENS! MOI J'CROIS QUE TOUT ÇA C'EST DES EXCUSES POUR PAS FAIRE TON BOULOT DE DIEU, ET RESTER LE CUL...
... BIEN AU FRAIS DANS TA CANETTE!
SI TU VEUX ON ÉCHANGE, HEIN, TU VAS DANS MA CANETTE ET J'RESTE DANS TON APPART' AVEC TA POULETTE!
...
HEUUUUU ÉCOUTE... POUR MA GONZESSE C'EST NON. MAIS POUR L'APPART, TU PEUX RESTER, PAS D'PROBLÈME. MAIS DEMAIN, T'EXPLIQUES À MA NANA QUI T'ES VRAIMENT, HISTOIRE QU'ELLE ME FOUTE PAS À L'ASILE! ET APRÈS ÇA, TU NOUS AIDES À AVOIR UNE VIE MEILLEURE...
GLOUPS!
T'ES MALADE OU QUOI ?! SI TA GONZESSE APPREND QUI J'SUIS, TU PEUX ÊTRE SÛR QU'UNE HEURE APRÈS TOUTE LA VILLE EST AU COURANT! LES GONZESSES C'EST COMME LES POULES, ÇA SAIT PAS LA FERMER, ÇA GLOUSSE DANS TOUS LES SENS!
NAN, TON PLAN FOIREUX, J'EN VEUX PAS! MOI C'QUE J'VEUX, C'EST DES VACANCES, J'L'AI BIEN MÉRITÉ, MERDE!
TU VEUX RIEN FOUTRE !? ATTENDS ATTENDS... POURQUOI T'ES CHEZ MOI ALORS ?!
PARCE QUE T'AS RAMENÉ LA "MAISON DE DIEU" CHEZ TOI, GROS PLOUC!
J'AI BEAU ÊTRE DIEU, J'EN AI PAS MOINS LA VESSIE QUI DÉBORDE! J'VAIS PISSER TIENS!

RHAAAAAAA LA VACHE ! QUELLE PAIRE DE NICHONS !
EM... ... BRASSE... ... MOI...
EMBRASSE-MOI.
GLOU GLOU
GLOU GLOU GLOU
EMBRASSE-MOI.
GLOU GLOU
GLOU
GLOU GLOU
PRRRRÔÔÔÔ
LOVE ME TENDER
LOVE ME SWEET
NEVER LET ME GO
YOU HAVE MADE MY LIFE COMPL
AND I LOVE YOU SOOOO
PRRRRÔÔÔ
LOVE ME TENDE
LOVE ME TRUE
LOVE ME
LOVE ME
ME LOVE ME
LOVE ME
ME

GLOU
GLOU
WHARPS !
QU'EST-CE QUE...
?! PLEIN ?!
GLOU
GLOU
WHARPS !
?! NOM DE DIEU !!
E VIVA...
MEXICO...
MEXIIIIIICO...
OOOOOOO...
POF !

cui cui cui cui cui. cui
cui cui cui cui cui cui cui
Mmmmmmmm
BONG
RHAAAAAAAA MA TÊTE...
MERDE! LA BARAQUE À DIEU!!
PARDON PARDON, J'VOULAIS PAS TE SECOUER... ALLEZ... ALLEZ FAIS TON ROT ET ON N'EN PARLE PLUS...
HAHAHAH
BANDE DE NAZES! HA HA HA HA HA!
ILS ONT TOUT GOBÉ, DU PREMIER AU DERNIER CHAPITRE!
VOICI DE QUELLE MANIÈRE ARRIVA LA NAISSANCE DE JÉSUS CHRIST. MARIE, SA MÈRE, AYANT ÉTÉ FIANCÉE À JOSEPH, SE TROUVA ENCEINTE, PAR LA VERTU DU SAINT ESPRIT, AVANT QU'ILS EUSSENT HABITÉ ENSEMBLE.
FAITH TV

Qu'est-ce que tu... ?
Quand on pense que j'ai écrit tout ça pour aider la pauvr' Marie, et là, ça passe à la télé ! Hahahahahaaa !
Quoi ?!
Bon ben ouais, la Marie et moi on a eu une p'tite aventure pendant que le Joseph coupait des planches. Ohhhhhh, trois fois rien, mais bon... l' semblerait que j'ai les spermatozoïdes sportifs, elle est tombée enceinte du premier jet ! Et tu sais, le Joseph, c'était un sacré cogneur hein ! Alors j'ai eu l'idée du Saint Esprit... Le "fils de Dieu", qu'elle a dit, et tout l' monde l'a crue ! Sans ça, à coup de cailloux qu'ils la dézinguaient, la Marie !
Après, j'ai écrit l'histoire au fur et à mesure... Un sacré boulot quand même ! C'est après que ça a commencé à s' compliquer...
J' comprends rien, ton whisky i' déchire trop...
Ben j' te parle de Jésus, tu suis ou pas ?! Il a commencé à se choper le melon et à vouloir faire les conneries que j'écrivais... Les miracles ! Il a commencé à vouloir faire vraiment des miracles pour épater la galerie ! Alors autant te dire que le jour où il s'est fait gauler et que les Ritals l'ont accroché sur la croix comme une boule sur un sapin de Noël, j'ai pas levé le p'tit doigt.
Euh... Il a vraiment fait des miracles ou pas ?
Que dalle ! C'est moi qui assurais en coulisse ! C'est mon fils quand même, j' voulais pas non plus qu'i' passe trop pour un con !
C'est ton fils, mais ça t'a pas empêché de le laisser se dessécher en plein soleil sur la croix...
Beurp !
Ça l'a calmé ! On l'a plus jamais vu après hein ! Bon ! De toute façon, j'étais pas là. J'étais en vacances avec Sharon...
Aaaaaaaah Sharon... Celle-là, je l'ai levée dans un bouge de San Francisco en 77.
L'an 77 ?! Mais... !!
Nan... 1977, abruti ! Bah, laisse tomber, le temps ça n'existe pas pour moi...
Faux ! Archifaux !
Bien que le voyage temporel soit une possibilité théorique émanant de la théorie de la relativité générale d'Einstein, il n'est pas encore possible de le mettre en oeuvre.

Il est donc actuellement
ZAP
Aaah Sharon... Celle-là, elle est pas tombée dans les pommes quand elle m'a vu ! Faut dire qu'elle était pas très calée en musicologie ! Pour elle, Elvis c'était une marque de jean !
HA HA HA HA HA HA HA
Non, son truc à elle, c'était plutôt... le... CUL !
Tu vois c'que j'veux dire ?!
Oui, oui, je vois, je vois...
Avec le recul, j' me demande si j'étais pas amoureux... de son CUL !
HA HA HA
Qu'est-ce qu'elle a bien pu devenir ?
Actrice de...
On est en quelle année ?
2001...
2001... En 1977, elle avait... euh 17 ans... Ah la vache ! Ça lui fait 43 maintenant !! Merde, elle doit être pleine de rides et pleine de gosses ! Passé 25 ans, les nanas, ça sert plus qu'à faire des gosses. Tu m'étonnes que le mariage, c'est foireux comme concept !
Hé l'Mexicain ...
Mmm ?
Tu veux un p'tit déj' ?
Hein ?
Tiens !
WARK !
HA HA HA
Elle pourrait quand même faire la vaisselle, merde !
Va falloir que tu t'y fasses vu qu' ta gonzesse elle s'est tirée !

J'SUIS ALLÉ DANS LA CHAMBRE TOUT À L'HEURE, ELLE ÉTAIT PLUS LÀ.
QUOI ?!
QU'EST-CE QUE T'ES ALLÉ FOUTRE DANS LA CHAMBRE ?!
J'AI... ENTENDU DU BRUIT !
ET CONCEPCIÒN, ELLE ÉTAIT PLUS LÀ !?
PLUS LÀ, OUAIP.
ALORS C'ÉTAIT QUOI LE "BRUIT" ?!
HEIN ?!
J'EN SAIS RIEN MOI ! DES RATS P'T'ÊTRE BIEN...
DES RATS !!
DES RATS, OUI ! C'EST TELLEMENT CRADE ICI, VA SAVOIR QUELLE BESTIOLE POURRAIT VENIR CHERCHER SON BONHEUR DANS C' TAUDIS !!
ET POURQUOI QU'ELLE SERAIT PARTIE ?!
POURQUOI ?...
À CAUSE DES RATS TIENS ! BON DIEU, REGARDE UN PEU AUTOUR DE TOI ! ET TANT QU' T'Y ES, REGARDE-TOI AUSSI : LE JOGGING, C'EST VRAIMENT LA MARQUE DES LOSERS !
ATTENDS ! T'AS VU UN PEU TA CANETTE ?! ET TA COMBINAISON DE TARLOUZE ?!
Y'A PAS D' VERMINE ET PAS D' GONZESSES QUI S' FONT LA MALLE, DANS MA CANETTE ! ET MA COMBI, ELLE EST COLLECTOR...
MARIA, C'EST JUANITO...
JE CHERCHE TA SOEUR...
ELLE EST PAS CHEZ TOI PAR HASARD ?...
PUTAIN J' T'ENTENDS PAS !...
MAIS DONNE-LEUR À BOUFFER À TES GOSSES, ILS LA FERMERONT PEUT-ÊTRE...
MARIA ?...
...
T'AS RAISON, ELLE A DÛ S'BARRER...
J'SUIS UN BON À RIEN...
UN BRANLEUR...
J' RETOURNE VOIR LES CATHOS, MOI...
DRIIIIIIIIIIIIIIIIING

PLANQUE-TOI!
REGARDE-MOI ÇA!
Ouiiiiiiiii ?..
C'EST POUR LE...
BOUGEZ PAS, J' REVIENS!
CON...CEP...CIÒN...
HA HA HA
HI HI HI HI
HEY, J'AI FAIT RENTRER LA DAME, ELLE ALLAIT PRENDRE FROID SUR LE PALIER... C'EST QU'ELLE EST PAS BIEN COUVERTE, HÉHÉ...
...
S'CUSEZ-LE, IL EST PAS DANS SON ASSIETTE VU QU' SA GONZESSE ELLE S'EST BARRÉE!
QUOI ?!... OH, JUANITO... JE SUIS...
L'ÉCOUTEZ PAS, C'EST PAS VRAI! MON COUSIN, EUH... ROBERT, OUI, IL EST UN PEU... VOUS SAVEZ...
TOC-TOC!
"COUSIN"?! VOUS... VOUS ÊTES PAS TRÈS... EUH... TRÈS... TRÈS FONCÉ DE PEAU...
ÇA DÉPEND DE L'ENDROIT, HAHAHAHA!
HI HI HI HI!
NE PAS SECOUER
PLOK!

BON, C'EST PAS TOUT MAIS...
ROBERT, VOUS ME FAITES PENSER À... ZUT, COMMENT IL S'APPELLE ?...
AH BON ?!
AAAAAAH, J' VOIS PAS, J' DONNE MA LANGUE AU P'TIT MINOU !
HIHIHIHIHIHIHI !
VOUS ÊTES DRÔLE !
AH, BON ?!
BEN OUI !
S'CUSEZ MAINTENANT, MAIS L' COUSIN ROBERT, IL A DE LA FAMILLE À VISITER !!
AAAAAAH... MAIS MONSIEUR ROBERT, MONTEZ DONC ME VOIR À VOTRE RETOUR...
... JE VOUS PRÉSENTERAI À MES ENFANTS.
HEIN ?!
MAIS À QUI IL RESSEMBL......
VLAN !
PUTAIN, QU'EST-CE QUE J'DISAIS ! ENCORE UNE PONDEUSE !
QUOI ENCORE !
!
VZZZZZZ
AAAAH, EUH... T' ÉTAIS SORTIE... T' ES ALLÉE OÙ ?...

JE SUIS ALLÉE À LA PHARMACIE... ACHETER DES CALMANTS...
QUAND ON COMMENCE À AVOIR DES HALLUCINATIONS, FAUT FAIRE QUELQUE CHOSE.
J'AI PAS D'HALLUCINATIONS, J'AI PAS BESOIN DE CALMANTS!
JUANITO, TU PENSES QU'À TOI.
LES CALMANTS, C'EST PAS POUR TOI.
C'EST POUR MOI.
ET AU FAIT...
... C'ÉTAIT MON ANNIVERSAIRE, HIER.
VLAN
JAMES, JAMES! FAUT QU' TU M'AIDES LÀ! ELLE S'EST PAS BARRÉE ET J'AI OUBLIÉ SON ANNIVERSAIRE!
MERDE! T' ES OÙ ?!
J' M'EN FOUS, MOI, PERSONNE M'A JAMAIS SOUHAITÉ MON ANNIVERSAIRE ET J'EN SUIS PAS MORT!
ALLEZ ALLEZ, FAUT QUE JE ME FASSE PARDONNER SINON ELLE VA VRAIMENT SE BARRER CETTE FOIS! T'ES DIEU, TU PEUX M'AIDER À LUI FAIRE UN CADEAU COMME ELLE EN A JAMAIS EU!
AH NON, MAUVAIS PLAN ÇA!

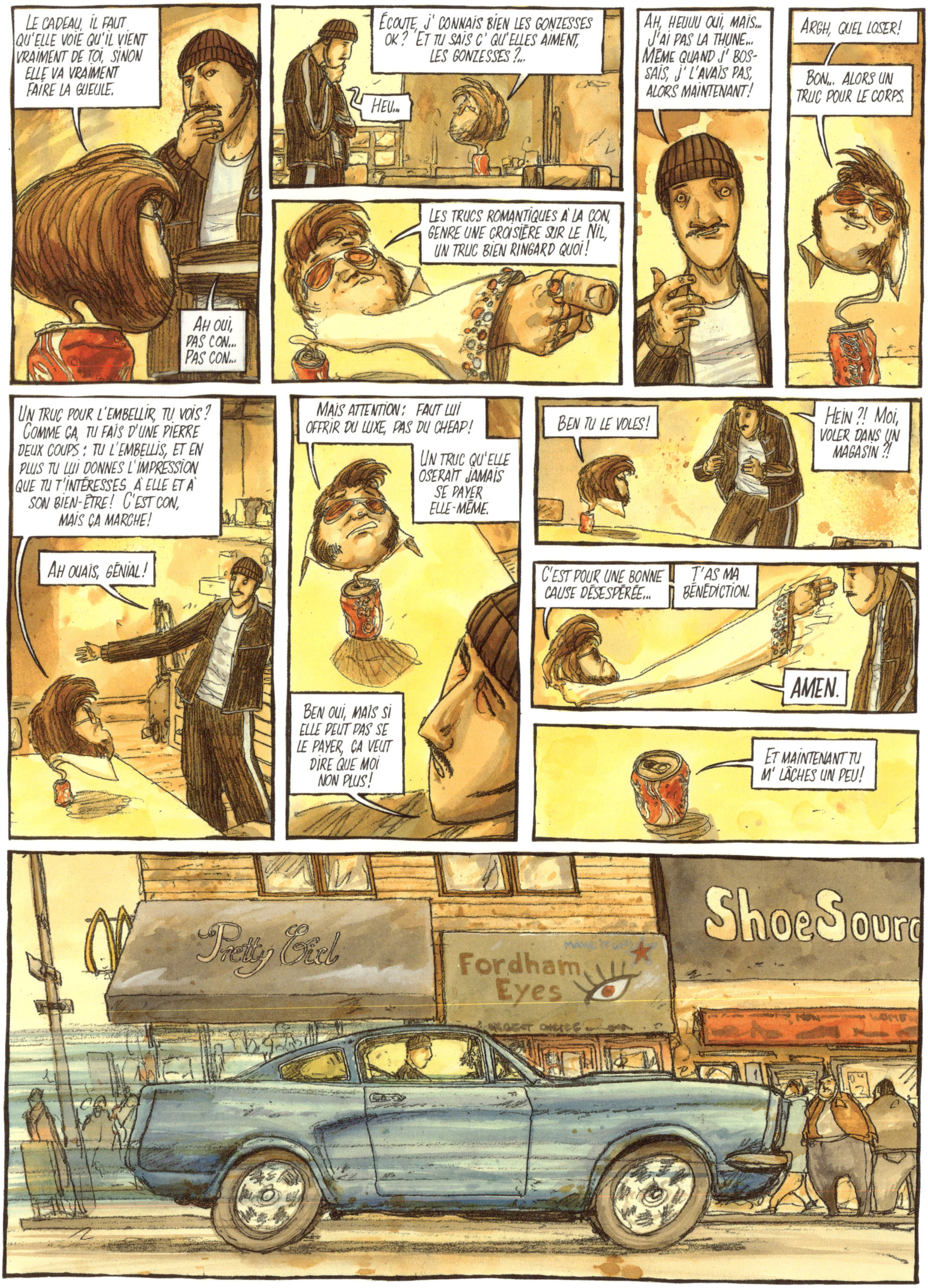
LE CADEAU, IL FAUT QU'ELLE VOIE QU'IL VIENT VRAIMENT DE TOI, SINON ELLE VA VRAIMENT FAIRE LA GUEULE.
AH OUI, PAS CON... PAS CON...
ÉCOUTE, J' CONNAIS BIEN LES GONZESSES OK ? ET TU SAIS C' QU'ELLES AIMENT, LES GONZESSES ?..
HEU...
LES TRUCS ROMANTIQUES À LA CON, GENRE UNE CROISIÈRE SUR LE NIL, UN TRUC BIEN RINGARD QUOI !
AH, HEUUU OUI, MAIS... J'AI PAS LA THUNE... MÊME QUAND J' BOSSAIS, J' L'AVAIS PAS, ALORS MAINTENANT !
ARGH, QUEL LOSER !
BON... ALORS UN TRUC POUR LE CORPS.
UN TRUC POUR L'EMBELLIR, TU VOIS ? COMME ÇA, TU FAIS D'UNE PIERRE DEUX COUPS : TU L'EMBELLIS, ET EN PLUS TU LUI DONNES L'IMPRESSION QUE TU T'INTÉRESSES À ELLE ET À SON BIEN-ÊTRE ! C'EST CON, MAIS ÇA MARCHE !
AH OUAIS, GÉNIAL !
MAIS ATTENTION : FAUT LUI OFFRIR DU LUXE, PAS DU CHEAP !
UN TRUC QU'ELLE OSERAIT JAMAIS SE PAYER ELLE-MÊME.
BEN OUI, MAIS SI ELLE PEUT PAS SE LE PAYER, ÇA VEUT DIRE QUE MOI NON PLUS !
BEN TU LE VOLES !
HEIN ?! MOI, VOLER DANS UN MAGASIN ?!
C'EST POUR UNE BONNE CAUSE DÉSESPÉRÉE...
T'AS MA BÉNÉDICTION.
AMEN.
ET MAINTENANT TU M' LÂCHES UN PEU !
Pretty Girl
Fordham Eyes

À "L'OXYGÈNE ACTIF" ?!
MAKE-UP
PERFUME
TOUT À FAIT MONSIEUR. NOTEZ BIEN QUE C'EST LA TOUTE DERNIÈRE FORMULE DES LABORATOIRES LIA.
Baby Doll BODY OIL
UNE VRAIE RÉVOLUTION !
CELA RESTE ENTRE NOUS, MAIS SACHEZ QUE JENNIFER LOPEZ L'UTILISE DEPUIS DES MOIS !
MERDE, JE SAVAIS PAS !
JE SAVAIS PAS QU'IL Y AVAIT DE L'OXYGÈNE... ACTIF, MERDE ALORS !
HUM, VOUS LA PRENEZ OU NON ?
HEY MAN, ÇA FAIT UNE PLOMBE QUE J'T'ATTENDS !
HÉ SHINY, TU SAVAIS, TOI, QU'Y AVAIT DE L'OXYGÈNE ACTIF ?!
MAIS FAUT QU'TU M'PAYES UN VERRE... UN COCA TIENS !
JE CROYAIS QUE T'AIMAIS QUE LE PEPSI !
BAH, J'AI ENVIE DE CHANGEMENT.
HEIN ?! NON... C'EST IMPORTANT ?!
BEN OUI, SUPER IMPORTANT. ÇA VEUT DIRE QU'IL Y A AUSSI DE L'OXYGÈNE INACTIF !!
ET ALORS ?!
ET ALORS ?! ET ALORS SI ÇA SE TROUVE, C'EST PARCE QU'ON RESPIRE DE L'OXYGÈNE INACTIF QU'ON EST INACTIFS !
ON DOIT PAS RESPIRER LE MÊME AIR ! MOI, J'AI LA THUNE DE TON COLLIER !
JAMES ! J'ESPÈRE QU'IL EST RESTÉ DANS SA CANETTE...

TIENS MAN, TA THUNE.
C'EST TOUT ?...
HEY, PAS FACILE À REFOURGUER TES PERLOUZES ! Y'A PAS TROP DE VIEILLES PÉTASSES DANS L'QUARTIER... DES JEUNES OUAIS, MAIS DES VIEILLES...
DIS, TES CANETTES... J'PEUX LES EMBARQUER ? C'EST POUR UNE COPINE, UNE INTELLO T'SAIS, ELLE VEUT FAIRE UNE SCULPTURE AVEC DES CANETTES DE COCA, UN TRUC À LA CON CONTRE LA SOCIÉTÉ DE CONSOMMATION...
HEU OUAIS...
AH NON ! NON NON ! J'DOIS FAIRE DES P'TITES VOITURES EN MÉTAL AVEC, POUR LES VENDRE !
MAIS MOI C'EST PAS DE L'ART, C'EST POUR BOUFFER ! TU SAIS, COMME LES CRÈVE-LA-FAIM EN AFRIQUE...
AH... BON...
EH AU FAIT ! J'AI UN SUPER PLAN THUNE SI ÇA TE BRANCHE !
AH OUAIS ?
C'EST QUOI ?
AH, J' PEUX PAS T'EXPLIQUER, LÀ. PASSE AU ZEALOUS À 17 HEURES, ET J' T'EXPLIQUERAI... TIENS, VIENS AVEC TA GONZESSE, J' VOUS PAYE UN VERRE POUR FÊTER ÇA !
Coca-Cola
CONCEPCIÓN ? HEU, ELLE FAIT UNE CURE DE SOMMEIL EN CE MOMENT...
AH BOOOOON... TANT MIEUX... TANT MIEUX...
BON, FAUT QUE J' PRÉPARE CE PLAN THUNE, MOI. ALLEZ, SEE YOU, MAN !
PUTAIN, C'EST PIRE QU'UNE ÉGLISE CHEZ TOI ! C'EST QUOI TOUS CES GENS QUI VIENNENT MENDIER TOUTES LES DIX MINUTES ?! ON PEUT PAS AVOIR UN PEU LA PAIX NON ?!
GRMMMMM... BEN FAUT BIEN QUE JE SURVIVE PUISQUE TU VEUX PAS ME REFILER DE TA BONTÉ DIVINE...
OUAIS, JE REVENDS DU COCA QUE J'AI FAUCHÉ QUAND J'AI SU QUE J'ALLAIS ÊTRE VIRÉ. OUAIS, JE REVENDS AUSSI DES TRUCS QUE CONCEPCIÓN ELLE DOIT VOLER À SES RISQUES ET PÉRILS. TU VOIS UN PEU, C'EST ÇA LA VIE, JAMES, L'"AMERICAN WAY OF LIFE"...

Et maintenant, vu que tu peux vraiment rien pour moi, hein, eh ben j' vais fabriquer des p'tites voitures en canette pour les vendre aux touristes qui veulent ramener un souvenir de l'oncle Sam... Tu sais, comme les pauvres d'Afrique...
Qu'est-ce qu'i' raconte le métèque ?!
Ben ouais, James, en Afrique, c'est tellement pauvre que les gamins ils ont rien à bouffer. Ils sont morts avant de naître, presque, et ils ont des tout gros bides tellement ils bouffent pas...
Alors ils prennent des vieilles canettes, ils font des jouets avec, et ils les vendent aux touristes qui viennent les voir crever d' faim.
Enfin, c'est comme ça, hein, on peut pas refaire le monde hein...
Enfin, MOI, j' peux pas...
J'y peux rien non plus s'ils sont trop cons pour acheter du Coca au lieu d'acheter à bouffer !
Mouais..
....
Putain, j'suis même pas foutu de faire aussi bien qu'un p'tit crève-la-faim !
Aïe, merde !
!! Shiny!
J' suis à la bourre, tu bouges pas de là, hein ?

HOUUUUU, LE MEXICAIN!
LES MEXICAINS, C'EST DES BONS À RIEN! C'EST DES BRANLEURS! COMME LES INDIENS, COMME LES...
PAF!
OUINNNNNN NOT' POP-CORN!
P'TITS CONNARDS...
ENFIN TRANQUILLE...
COMMENT ÇA, "IL EST PAS LÀ"?!
BEN, IL VIENT D'M'APPELER, IL M'A DIT QUE TU DEVAIS L'ATTENDRE...
Zealous drunK
OK OK. BOB... BAH, SERS-MOI UN PEPSI, TIENS!
SURTOUT PAS FAIRE DE BRUIT...

BONNE ANIVERSAIRE CHÉRIE!
Le cadeau, c'est pour que tu soi toujours la plus belle! Au sujet de Dieu, il est toujours dans la cannete mais il préffère que tu le voyes pas. Il a peur que tu parle de-toi- a tout le monde dans le quartier... Alors tu fais comme sil existais pas, ok?
A tout à l'heure
J.
Celluli Control
CREME AMINCISSANTE
Nº1
PROGRAMME D'ATTAQUE
Déstockage des graisses
Désinfiltrant
Hydratant
SCROUTCH!
?
DU POP CORN?!
UN COCHON?!!
AAÏÏÏÏÏE
AH NON! UN GAMIN! AH DÉSOLÉ GAMIN, J'T'AI PRIS POUR UN P'TIT PORC!!
WHAOOUU
AH MAIS Y'A TOUTE LA PORTÉE WHAOUUU!
AH MAIS FAUT PAS BOUFFER C' QUI EST PAR TERRE SI TU VEUX PAS QUE J' TE PRENNE POUR UN PORC!
AÏÏÏÏÏE
M'EN FOUS, M'EN FOUS! LES NÈGRES, C'EST DES BONS À RIEN!
BRANLEUR! BRANLEUR!
... Quoi? ...
COMME LES INDIENS! COMME LES MEXICAINS!
AAAAAAAH, LE GUN.
MAIS C'EST UN FAUX, TU SAIS, COMME DANS LES FILMS! C'EST POUR FAIRE UNE BLAGUE À UN COPAIN, ALORS... CHUUUUUUT!
HUM!

DRIIIIIIIIIIIING
SCROUTCH!
SCROUTCH!
SCROUTCH!
PFFFFF...
MÔMAN MÔMAN!
PFFFFF...

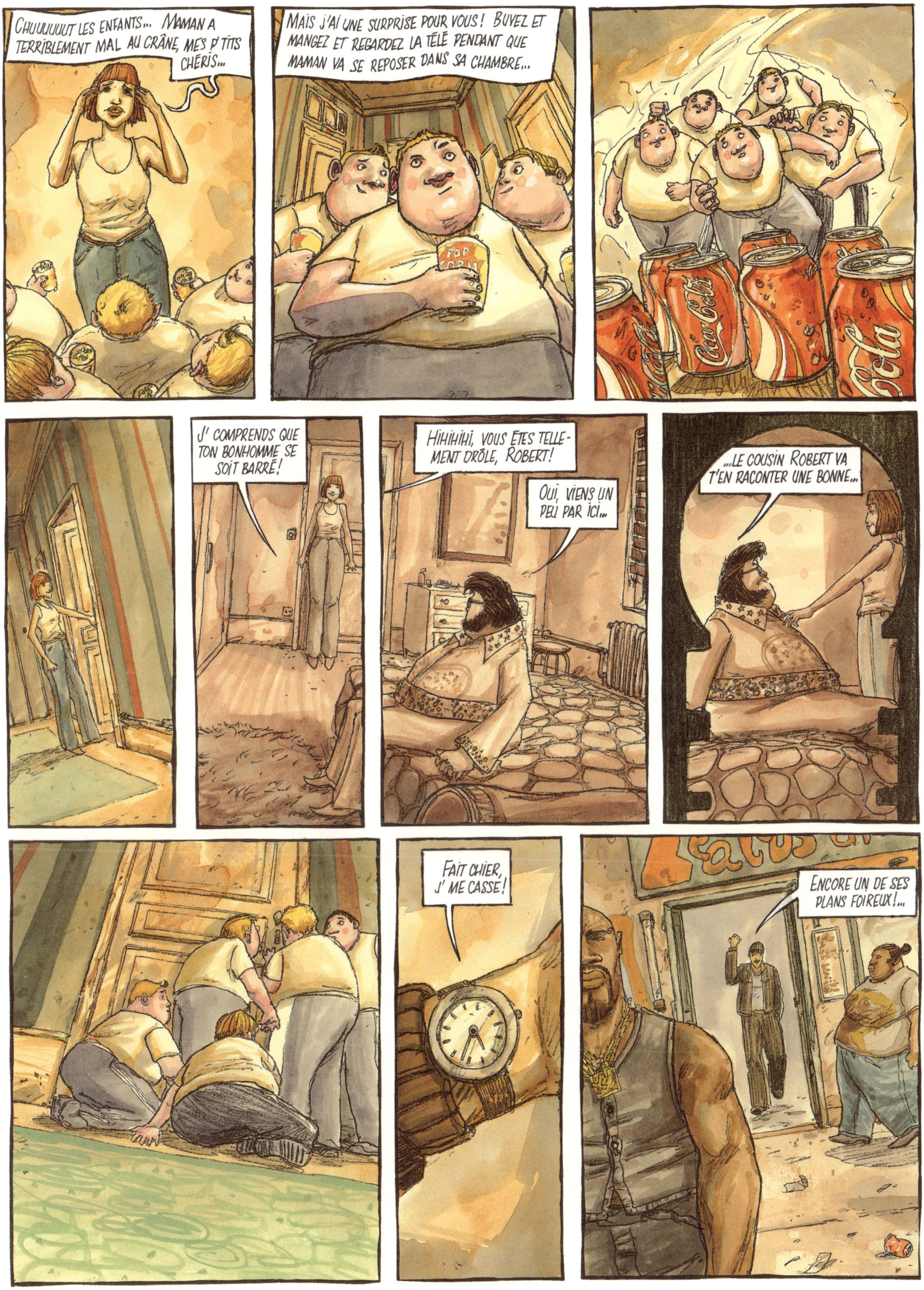
CHUUUUUUT LES ENFANTS... MAMAN A TERRIBLEMENT MAL AU CRÂNE, MES P'TITS CHÉRIS...
MAIS J'AI UNE SURPRISE POUR VOUS! BUVEZ ET MANGEZ ET REGARDEZ LA TÉLÉ PENDANT QUE MAMAN VA SE REPOSER DANS SA CHAMBRE...
Coca-Cola
J' COMPRENDS QUE TON BONHOMME SE SOIT BARRÉ!
HIHIHIHI, VOUS ÊTES TELLE-MENT DRÔLE, ROBERT!
OUI, VIENS UN PEU PAR ICI...
...LE COUSIN ROBERT VA T'EN RACONTER UNE BONNE...
FAIT CHIER, J' ME CASSE!
ENCORE UN DE SES PLANS FOIREUX!...

Je crois que Juanito est devenu cinglé...
Depuis qu'il a perdu son boulot, plus rien ne tourne rond et lui il tourne en rond depuis six mois...
Hier, il s'est pointé avec une vieille canette de Coca et depuis, il essaye de me faire croire qu'il y a Dieu à l'intérieur... Le pire, c'est qu'il y croit vraiment.
Et il est en train de me rendre dingue aussi. Hier soir, j'ai eu une sorte d'hallucination...
...J'ai cru voir Elvis Presley dans ma cuisine...
Après, je suis tombée dans les pommes...
Je sais pas quoi faire...
Je sais pas quoi faire...
Je sais pas quoi faire...
Je sais pas quoi faire...
Je sais pas quoi faire...
PANASONIC
PFFFFFFF
Dieu ?...
En plus, j'ai plein de cellulite...
PFFFF
PFFFFF
Elvis ?...
Hi hi hi hi hi

MARRE! MARRE!
MAINTENANT, 'FAUT QU' LE GROS DIEU FASSE UN TRUC POUR MOI !
MONSIEUR JUANITO! I' M' FAUDRAIT DU "MACHIN".
HEIN ?! ...
...OUI, OUI, MONTEZ AVEC MOI...
ÇA VA MONSIEUR JUANITO ? Z'ÊTES SÛR ?...
NON, J' DEMANDE ÇA PARCE QUE L'AUTR' FOIS...
J' ME DEMANDE...
Z'ÊTES SÛR QUE ÇA VA ?!...
VOUS DEVRIEZ PRENDRE DU "MACHIN", MON CHAT...
NOM DE DIEU !!!

C'EST... C'EST QUOI CE BOXON ?!
QUOI, VOUS AUSSI VOUS VOULEZ DU "MACHIN" ?! PAS BESOIN DE SORTIR LES GUNS POUR ÇA !
HIIIIIII !
QUOI !
C'EST PAS ÇA ?!
OK, BEN EXPLIQUEZ-MOI LES GARS...

POURQUOI SHARKY ET DEUTCH IL POINTE LUKE ?!
POURQUOI RAZOR BLADE IL POINTE SHARKY ET DEUTCH ?!
Sharky et Deutch
Fils d'un père allemand qui a tenu un second rôle dans une célèbre série télé policière... Signe particulier : la légende du quartier dit qu'il se serait fait tailler les dents façon squale. Après une vingtaine d'arrestations, aucun policier n'a pour l'instant réussi à lui desserrer les mâchoires pour vérifier. Dans son dossier, la police a noté « Ne crache jamais le morceau »...
Razor Blade
Fils d'un père suisse et d'une mère roumaine... Signe particulier : les nombreuses coupures qui lui recouvrent le corps attestent d'une phobie des poils qui l'oblige à se raser des pieds à la tête. Dans les rapports de police, il est annoté « Personnage rasoir toujours de mauvais poil »...
ET POURQUOI DONALD LUCK IL POINTE LE GROS BARBU ?!
Donald Luck
Fils d'un père sarde et d'une mère sicilienne... Signe particulier : sa physionomie et un tic de langage ne sont pas sans rappeler un fameux canard de dessin animé, et les mauvaises langues du quartier assurent que la ressemblance se prolonge jusqu'à la taille de son appareil génital. La police a recensé une quinzaine de tentatives d'assassinat contre sa personne, ce qui lui a valu l'annotation « Rital au cul bordé de nouilles » dans les rapports de police...
QUELQU'UN PEUT M'EXPLIQUER ?...
TU VAS VOIR, C'EST PAS COMPLIQUÉ, QUOI. J' ME SUIS POINTÉ ICI AVEC MON POTE RAZOR BLADE, QUOI. POUR RÉCUPÉRER LA THUNE QUE TU M'AS EMPRUNTÉE, QUOI. TU T' SOUVIENS, QUOI ?...
AH OUAIS, OUAIS. TIENS, D'AILLEURS...
Y'A PAS LE COMPTE, QUOI.
JE SAIS ...
OK, MAIS LES AUTRES, POURQUOI ILS SONT LÀ ?!

QUAND ON EST ARRIVÉS, Y' AVAIT TON VOISIN AVEC SHARKY ET DEUTCH, QUOI!...
ALORS C'EST À EUX QU' J' FAUT DEMANDER, QUOI!
HÉ COOOOOL, J'ÉTAIS JUSTE PASSÉ POUR DU "MACHIN", ET LÀ Y'A LE SHARKY ET DEUTCH QU' EST ARRIVÉ...
UN PEU QUE JE SUIS ARRIVÉ, JA!
J'AI SUIVI CET ENFOIRÉ DE SHINY QUI M'A ARNAQUÉ, JA!
C'TE MERDE M'A REFOURGUÉ DES FAUSSES PERLES AU PRIX DES VRAIES, JA!
HÉ COOOOOOOL LES MECS, MOI QUAND JE SUIS ARRIVÉ J'AI JUSTE TROUVÉ LE SHINY MIKE...
QU'EST-CE QUE TU FOUTAIS CHEZ MOI ?!
AH, EUH...
DES PERLES ...
EUH...
BON... OK OK.
SUR CE, LUKE EST ARRIVÉ...
SHINY MIKE ÉTAIT LÀ LE PREMIER...
PUIS SHARKY ET DEUTCH...
PUIS... ...DONALD LUCK ET RAZOR BLADE...
C'EST ÇA ?
C'EST ÇA !
OK LES GARS... MAIS Y'A UN TRUC QUE J'PIGE PAS...
... PUTAIN, C'EST QUI LE GROS AVEC UN CAMERAMAN ?!!!!
HÉ MEC, TU M' RECONNAIS PAS ?!... JE SUIS MICHAEL MOORE, LE JOURNALISTE LE PLUS DÉRANGEANT DES STATES! JE SUIS VENU FAIRE UN REPORTAGE SUR TOI ET TON LICENCIEMENT PAR CES MOTHER FUCKERS DE CHEZ COCA! ON VA DÉNONCER LES MÉFAITS DE LA DÉLOCALISATION, T'EN FAIS PAS, MEC! QUAND J'AI SONNÉ À TA PORTE, J'AI ÉTÉ ACCUEILLI PAR DES FLINGUES... HÉ MEC, J' SUIS CONTRE LES ARMES, MOI! D'AILLEURS, JE PRÉPARE UN DOCUMENTAIRE SUR LA VENTE LIBRE DES ARMES DANS CE PAYS DE CONS, PUTAIN, ÇA VA FAIRE UN CARTON!
DÉSOLÉ, MAIS J' TE CONNAIS PAS...

BON, BEN, LES GARS, J' VOIS PAS OÙ EST LE PROBLÈME. ET SURTOUT, J' VOIS PAS CE QUE J'AI À VOIR LÀ-DEDANS, À PART QUE JE SUIS CHEZ MOI !
SI C'EST À CAUSE DE CE COLLIER, MERDE, Y'A PAS MORT D'HOMME, QUAND MÊME !
ET AU FAIT, LES GARS... OÙ QU'IL EST LE SHINY MIKE ?!
!
BEN OUAIS MEC, IL EST PAS EN TRAIN DE CIRER TON PARQUET !!
IL EST DÉCÉDÉ, QUOI !
QUOI ?!...
IL... IL EST...
REGARDE, IL EST PRESQUE AUSSI BLANC QUE MICHAEL JACKSON !
?...
HÉ JUANITO... POURQUOI TU L'AS BUTÉ ?... C'EST PAS COOL, ÇA...

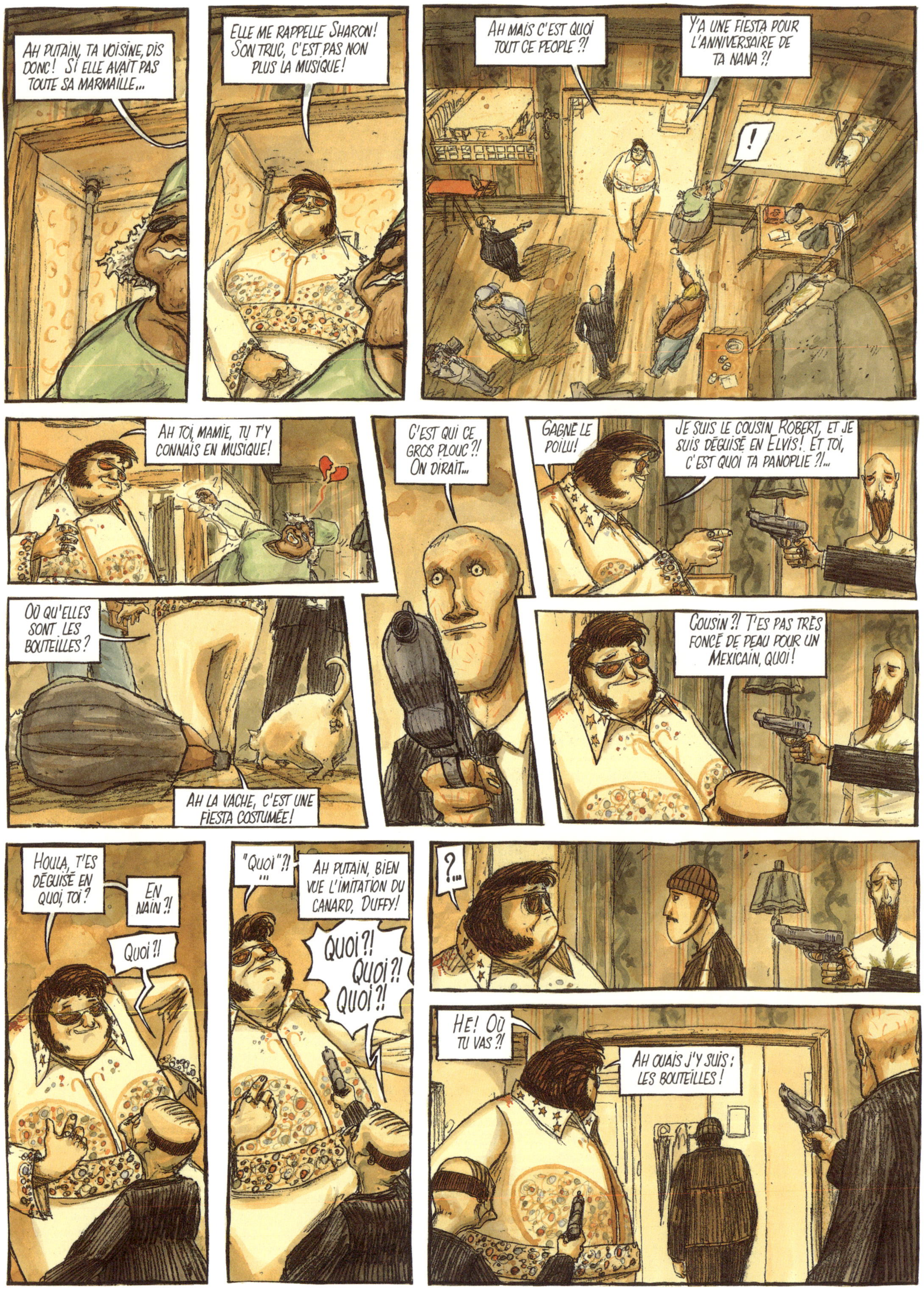

AH PUTAIN, TA VOISINE, DIS DONC ! SI ELLE AVAIT PAS TOUTE SA MARMAILLE...
ELLE ME RAPPELLE SHARON ! SON TRUC, C'EST PAS NON PLUS LA MUSIQUE !
AH MAIS C'EST QUOI TOUT CE PEOPLE ?!
Y'A UNE FIESTA POUR L'ANNIVERSAIRE DE TA NANA ?!
!
AH TOI, MAMIE, TU T'Y CONNAIS EN MUSIQUE !
C'EST QUI CE GROS PLOUC ?! ON DIRAIT...
GAGNE LE POILU !
JE SUIS LE COUSIN ROBERT, ET JE SUIS DÉGUISÉ EN ELVIS ! ET TOI, C'EST QUOI TA PANOPLIE ?!...
OÙ QU'ELLES SONT LES BOUTEILLES ?
AH LA VACHE, C'EST UNE FIESTA COSTUMÉE !
COUSIN ?! T'ES PAS TRÈS FONCÉ DE PEAU POUR UN MEXICAIN, QUOI !
HOULA, T'ES DÉGUISÉ EN QUOI, TOI ?
EN NAIN ?!
QUOI ?!
"QUOI" ?! ...
AH PUTAIN, BIEN VUE L'IMITATION DU CANARD, DUFFY !
QUOI ?! QUOI ?! QUOI ?!
?...
HÉ ! OÙ TU VAS ?!
AH OUAIS J'Y SUIS : LES BOUTEILLES !

ATTENDS, J' VAIS TE FILER UN COUP DE MAIN!
OÙ QU'ELLES SONT?...
... PAS LÀ...
OK, OK... MAIS OÙ ALORS?!
...
!!
ARGH, J' COMMENCE À AVOIR LA SALIVE QUI DÉBORDE, MOI!
... VOITURE...
AH, OK!
BON BEN...
QU'EST-CE QU'ON FAIT?

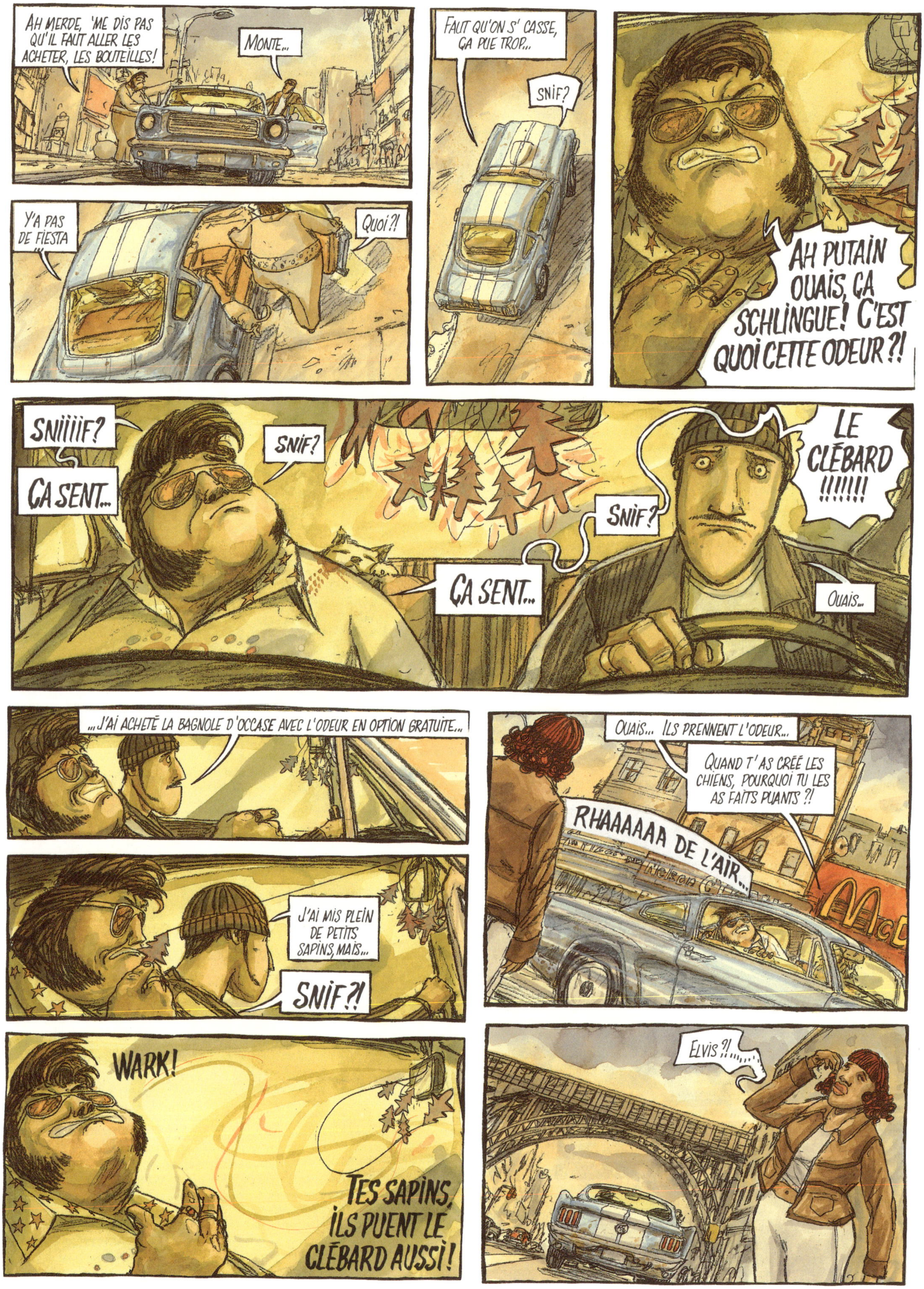
AH MERDE, 'ME DIS PAS QU'IL FAUT ALLER LES ACHETER, LES BOUTEILLES!
MONTE...
Y'A PAS DE FIESTA ...
QUOI ?!
FAUT QU'ON S' CASSE, ÇA PUE TROP...
SNIF?
AH PUTAIN OUAIS, ÇA SCHLINGUE! C'EST QUOI CETTE ODEUR ?!
SNIIIIF?
ÇA SENT...
SNIF?
SNIF?
ÇA SENT...
LE CLÉBARD !!!!!!
OUAIS...
...J'AI ACHETÉ LA BAGNOLE D'OCCASE AVEC L'ODEUR EN OPTION GRATUITE...
J'AI MIS PLEIN DE PETITS SAPINS, MAIS...
SNIF?!
WARK!
TES SAPINS, ILS PUENT LE CLÉBARD AUSSI!
OUAIS... ILS PRENNENT L'ODEUR...
QUAND T'AS CRÉÉ LES CHIENS, POURQUOI TU LES AS FAITS PUANTS ?!
RHAAAAAA DE L'AIR...
ELVIS ?!......

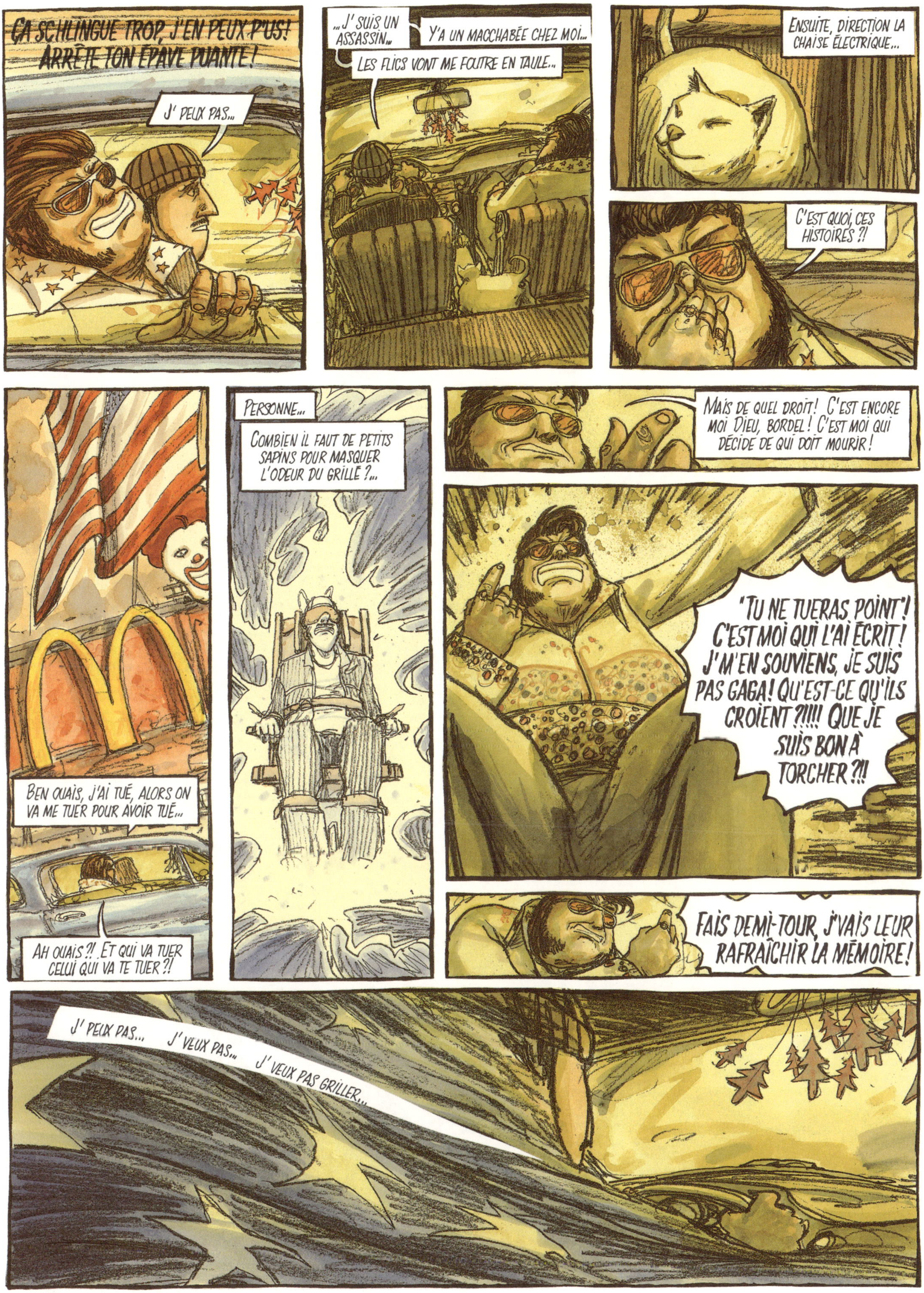
ÇA SCHLINGUE TROP, J'EN PEUX P'US! ARRÊTE TON ÉPAVE PUANTE!
J' PEUX PAS...
...J' SUIS UN ASSASSIN...
Y'A UN MACCHABÉE CHEZ MOI...
LES FLICS VONT ME FOUTRE EN TAULE...
ENSUITE, DIRECTION LA CHAISE ÉLECTRIQUE...
C'EST QUOI, CES HISTOIRES ?!
BEN OUAIS, J'AI TUÉ, ALORS ON VA ME TUER POUR AVOIR TUÉ...
AH OUAIS ?! ET QUI VA TUER CELUI QUI VA TE TUER ?!
PERSONNE...
COMBIEN IL FAUT DE PETITS SAPINS POUR MASQUER L'ODEUR DU GRILLÉ ?...
MAIS DE QUEL DROIT! C'EST ENCORE MOI DIEU, BORDEL! C'EST MOI QUI DÉCIDE DE QUI DOIT MOURIR!
"TU NE TUERAS POINT"! C'EST MOI QUI L'AI ÉCRIT! J'M'EN SOUVIENS, JE SUIS PAS GAGA! QU'EST-CE QU'ILS CROIENT ?!!!! QUE JE SUIS BON À TORCHER ?!!
FAIS DEMI-TOUR, J'VAIS LEUR RAFRAÎCHIR LA MÉMOIRE!
J' PEUX PAS... J' VEUX PAS... J' VEUX PAS GRILLER...

BON...
JA...
C'EST C' QU'ON A DE MIEUX À FAIRE, QUOI...
HÉ LES GARS, ÇA VOUS DIT DE TÉMOIGNER POUR MON FILM SUR LES ARMES ?...
PIZZA
LA MAMA
POURRITURES CAPITALISTES!
I BUSH
MMMMMMMM

LUKE ?...
HIIIIIII IIIIIIII

Du même auteur

Éditions Casterman

Naciré et les machines
(3 tomes parus)

Édition Glénat

Akarus
(2 tomes parus)

Sapiens